詩集

柔らかい水面

深町秋乃

土曜美術社出版販売

詩集　柔らかい水面＊目次

I

Ⅱ

カバー画／佐藤智恵・萌花

詩集

柔らかい水面

I

a calm

両性を帯びた空の鏡面は
揺らいだ同景の曲面
ただ正しさだけを映して
その表面に風を象る
配色の隙がないきみは
そこにいたの
みんなが生まれる前から
ずっと
見つめているとわたし

ただの円柱になってしまうから
逸らした視線の固さで
樹が骨になってしまって
空の眼差しに
手を伸ばしたまま
静止してしまったけれど
なんだかとても
安寧としている
あの広い霊園に
そっと
寄り添うようにして
還りたいと願えば
いつも後ろ背に感じられる
目隠しされた視界が

きみになったら
主題は失われて
またみんな
きっと
はだかになれる

ガーベラ

渇いた縫い目を追う
切長の瞳が咲いた
小さな午後の焦点に
震えている
冷たい食器の欠片を
堅い口元に押し当てて
あたしはずっと
待たなければならないのね、と

（掻きむしった痕かと見紛う
常夜灯の射す光は鋭くて）

誤った配色の隙間を
埋め尽くす言葉は
いつも容易いようで
苦虫を噛み砕く日常は
妄迷している
非日常

（いつか夢見ている心中、を

重ねた薄唇の輪が溜息で揺れる度に）

曖昧に佇む
白壁の静止音は
探している
初めての色が映える匂いを
錆びた鋏と同じ舌触りに
なぞらえて

花瓶に透けた水の影が
わたしの肌に
突き立てられる
その愚かな牙の目論見に

痛くない、
とあなたは言う
（離れられない吸い口に
深爪しているその嚙み癖）

てのひら

むすんで
ひらいて
木漏れ日を
そっと隠して
耳を澄ませば

指先から
目映く操る
擦れ合う生糸の

囁きはせせらぎ
掬おうとしても

（一滴
一滴、

まだ薄い
無垢の球面を這う舌は
滑らかに保たれた
主旋律に合わせて

一滴
一滴、

蠕き始めた
心臓を包む夜霧が
晴れる時

一滴
一滴、

青筋辿ると
着水する今朝方に
初めての再会を夢見て

一滴
一滴）

絶えず
受け止めている
わたしたち

逆上がりをしても
血が赤いこと
きっとまだ
知らない
けれど

むすんで
ひらいた

小さな
影に
ほろりと落ちた
米菓の欠片

群青

空瓶から絞った猫の泣き声が
模している、ビル街の影は
きみの歯並びの陰影

（とても、不揃いな）

手帖から剝離した文字は
読もうとするとちくりと刺す
古木の流動性を帯びた肌へ

深海魚の毒針のように
（染色体の、鮮やかな傷み）

緩急をつけた逆風が
引っ掻くあの深い砂地に
咲くだろう
小文字だけの発音で
緊密に重ねられた外葉が
（それは、きみの輪郭に似ている）

幾とせ離れた一メートルに
浸る体液は濃く

みんな溺れてゆく口の中は
分解された文字の弔い

きみはそれを
海と言ったね

受刑

腐食した月面は
銅版に焼き付けた
潮の表層、を削る
鋭利な爪先

（まるで冷や汗が
　根を這うように呼吸して）

砂錆を孕んだ私の体は

晒される
一斉の不合理な集合体の下に
（煮え立つ泡のように
湧き上がる、何本もの指が）

鏡に礫りつけられたのは
湖面に反転した
少女たちの
瞼を透過した
赤い光

（空に開かれた口からは
文字の抜け殻ばかりが、溢れて）

射し込む光のガラスは
数える程の、心音の残響に
たちまち割られてしまう

（次第に遠い耳鳴りは
溺れてゆく
唾液、の中）

春

習いたての言葉を閉じ込めた
わたしの幼い真空管を割ったら
たちまち夜に座礁する
無数の文字たちが

月光に蠢いて孵化《ふか》すれば
嘯《うそぶ》いて酸化し
剝がれてしまう
告白の表皮

（ほろほろと）

風に見透かされた
薄紅の滴が着地した重心を
かき集めた幹は
父の胴体にも似ていて
落されたその濃い影は
優しい獣が覆うように

（すっぽりと）

くるまれる
ずっと同じ消印のまま

これからも届かない
透明なわたしの言葉
数えきれない春の中に
いつかきっと
散骨するの

もしもきみが
あの、常緑樹だったなら

生理痛

うつ伏せたまま
遠浅の夜を空転する
微弱な胎音に
月の淵から、漏れる朝潮

（破水した）

沈黙が溶けかけた海面の
滑らかな窪みに埋まり

もう一度臍の緒を探しても
気泡に、あやされて

（戻れない、暗闇）

浮上した産声を
曇天のプロペラ機が攪拌し
濁音で震わせた
猫の、舌

（深海魚の、鱗みたい）

伝う産道を
蜘蛛がびっしりと

這うように降下する
無数の触手の、寂しさは
（開く雌しべの、連なり）

眠る心音の弾く
紅い鍵盤の重音符が
私の底、に、沈殿する

荒野

南中で同化した
影の沸点で
心臓に到達する
土の蒸発と
切り込まれる瞳孔に
吸い込まれてゆく
木陰の午睡を
甘噛みしようか
少し尖ったその乳歯で

瀕死の熱を帯びた
地表を這う動脈を辿っても
きっと僕は
永遠に
獣にはなれないと
拾った星を
空に捨てようとして
もう一度見上げる
逆光に象られた
ちぎれ雲のような鬣が
君を、覆っていたね

——分裂した体温が
　冷結する過程

濡れた繊維の
凝固する過程が
爪とぎ場の焦土に
投射されたら
一つ一つ捨てられる
少年兵の
荒い息継ぎ

砂場

しゃがんだ足元に染み込む
汗や唾
両手ですくい上げても
こぼれてゆく
体温が溶けた
柔らかい水面は

覗き込んだあたしたちを
空に焼き付ける

母音ばかりの
幼い言葉と一緒に

地面に刻み込まれた
儚い光の手触りを求めて
切羽を引っ掻く爪の痕
——あの、赤い花びらに似ている
つながった指の息

砂にまみれる夕刻の
伸びてゆく電柱の影は
溺れて死んだ
蟻たちの墓標

きっと明日には殻になる
虫の、甘い匂い
振り返らずに辿りながら
懐に隠して
息を荒げる小道の上

新月

鉄釘が熔ける時間は
折り重ねられた不都合な線形
絡めて、その秒針に
途絶えそうな猫の息を
鼓膜にあてた外灯の下

（あしおとがきこえるかすかなあしおとがあ
あそうだわたしのそうれつのあしおとだ）

もう捻られない蛇口の先は
蟻たちの焦土
吸殻で絶えず潰したら
ただの小さな句点となる

（あしおとがきこえるとまらない小刻みな
あしおとがああそうだたくさんしんだたく
さんのわたしのあしおとだ）

残像だけが集まった台所は

私の水際
幼い悲鳴の断面が
とても鮮やかに彩られる拗音
それは肺胞を引っ掻く
緩やかな川床のしらべ

（あしおとがきこえるだんだんちかづいてく
るあしおとがああそうだもういちどしねっ
ていいにきたんだわたしに）

思わぬ発露が
鋭い入射角で跳ねて

皆はだかになったら
潮がついた手指を
しゃぶり始める

（　　　　　　　　、　　　、、、、、　、
　　　　　、　、、　　　、　　　　　　　）

Ⅱ

であい

はじめては
とうめいの
いろ

（みえない　けれど）

はじめては
とうめいの
おと

（きこえない　けれど）

はじめては
とうめいの
かたち

（さわれない　けれど）

はじめては
とうめい

だから

なまえはまだ
しらない
けれど

はじめて
めをあけたとき

かみさまが
みせてくれた
せかいは

わたしをつつむ
ちいさなうみ

（しずかに　にごってゆく）

dolls

（透明なスカートに
伝染した、月影の痕は
新しい、波打ち際）

寝具に犯された呼気が
夜を隠した鱗を
逆立たせたら

麻痺する、太もも

嵌められたのは
月齢の輪郭を模した
肥満児、の、股関節を
ねじ曲げられて

ねじ曲げられて、

並んだ同じ口元は
いつも不自由な言葉を
欲している、
歪んだ文字の陳列台

空洞化した

晒される体表の中に
西日を閉じ込めても、
結われた髪は解かれず

（瞬きすら、できない）

遊魚の旋回で溶けた
ガラスの眼差し、
絶えず変形しては
見つめている
もう一人の私

（防腐剤、浴びせられ）

おつかい

ぽつり、と
最初に触れた雨粒の鮮度で残った
言葉の抜け殻だけを

（みんな黙って、咀嚼しているだけ）

暗算する呼吸の定律を保って

背景に同化している
任意に陳列された沢山のわたしは

（合成イチゴ、の味がする）

指紋の重ねられた
鏡の裏に棲みついている
頭数のわたしたち

（目分量で生産される、だけの）

安易な直線で括られた
名もなき地図上に配置される
渇いた吐息は

（カタカナを真似た、羅列で）

沈澱した昨日の単色は新月
その上澄みを飲んで
四つん這いになったら

（産声のような、悲鳴のあとさき）

鎖骨下をいたぶる
着色料で染められた食塩水が
めくる音階に合わせて滴る

（また、殺めたんだね）

（おかあさん）

スタジオにて

影送りしたはずの
埃が象った
無彩の呼吸で
酸化した窓を
着色した毎日の曇天は
くぐもった
産声にも似た重み
ざらついた足元は
わたしの群れが撒いた

鱗粉

もう一度まとったら
微かな悲鳴が
裾元から漏れている
見えない指揮の
曲線をなぞって
消毒液のような声色は
おぼろげな内耳の風景
思い出すように
幼い頃落とした
いびつな疑問符を拾い集める
唇はとうにつぐんだまま
振り返ったわたしの
放物線が描いたのは

月影の円弧
なめらかに

初夜

（覚えたての言葉を綴った本を
ぎこちなくめくると溢れる
微風のような距離で
今、きみの視線を受け止めようとしている）

未だ苦い葡萄酒を含んで
関節を一つ一つ緩めたら
古い辞書の香りにも似た
覆う樹脂のきみが

川霧を被り
伏した山脈を象ると
　――全卵、透化してゆくの

雪解け水でふやけた
夜の斜面に咲く多肉植物が
不定律の音階を
天井に縁取ろうとする

離乳したはずの横顔は
いつも宿主を探していて
食い込む、爪
　――カミソリはとうに卒業したはず

（私の喉元に棲む鋭利な言葉が
きみの耳元に打ち寄せる波を
泡立たせる
だから囁いてみせる
新月の晩に）

冬至

（白い骨の枝が
　いつか交錯したとき）

野良猫の欠伸ほどの
自転の瞬きが
まだ幼かったわたしの永遠で
いつでもそれは
側溝に捨てられていた気がしていて

（私の体表は
消えない祖母の歯形だらけ）

飛散した逆光ついばむ
渡り鳥の悲鳴が切り裂く午後、
筆先に残った
わずかな浮力で捕える
無彩風景の味は

（通学路に上澄みした
雨水だった）

無限の木目が
わたしの胸元まで波及し

麻布で包んだ
最初の息が逆立って
気化してゆく羽毛を
見ているよ、遠い木立から
白い裸の幼女が

（死んでもいいよって
　ささやいている）

珈琲

渇いた音はドアベルの
傾く陽の反響する窓辺

逸らした視線
薬指に絡めながら
幼いふりをした夕刻の
約束事は砂の粒

蜜の滴るささやきが

あなたの口からこぼれるたびに
「最低ね」と呟いて飲む珈琲は
沈黙が長いほど苦くなる

どれほど待っても
あたしの唇は枯れたまま
氷の息に包まれる静けさ
押し殺して

空席から漂う
初めての香りは
春の終わりを告げる柔軟剤

褪せた背景ばかりを映して
ナイフも歪ませる
金属のような雨水が
凪いだ群青色の晩

あたしは
歯の裏側を
舌でなぞりながら

割れたガラスを
いつまでも眺めている

うたた寝

今、解かれた重力で拡散した私の組織を、ひとつひとつ、固執した記憶にぴたりと貼り付けて。光が蒸発する匂いに幻惑する。瞼の中に海が満たされたら、ゆっくりと瞬きをする度に立つ漣が空気に触れて震え、私は、時、を知る。眼前に広がる、芳しい白色。例えば乳房。ならば私は蟻になってそれを辿ろうか。けれど、甘い香りに誘われる愚かな小さなそれは、やはり黒い一点でしかなくて、白色を冷たい壁にしてしまう。その孤独さに気詰まりして思わず咳払いをしてしまうのだ、誰かが発した最後の文字が紡ぐ、次の言葉を恐れて。そうして唇の隙間からこぼれ落ちた言葉の、ある一文字から連想された小さな物語の結末は、いつだって私の濃い影に落とされる。だから影の黒色を夜に変えて、その凝りを子宮の中に蓄えて、満月の日に産み落としてしまう、私の、新しい物語。そのページをめくれば、だんだん、私の中に、重力が戻ってきて。

遺書

七色の瞳で見つめた七色の世界は透明そのものでいつもわたしシャボン玉の中にいるみたいにひとりぼっちだっただから白い円柱のからだのどこかを噛むことだけが目の前を鮮明にしてきたのあの夕日みたいにその前でわたしいつまでも被写体のままで立っている見透かされた機微の隙間にあてた造影剤でよみがえる裏側の世界を君たちはまだ知らないかもしれないけれどもしかしたら明日には裏側の表面赤い光で染められているかもしれないねいつかきっとわたしその表面を裏返してみたいそれはとても痛いことかもしれないけれどその痛さを象ったのは夜ご

と降り注いだ雪原のようなうねりでそれはやっぱりわたしの肌で今朝は白骨を折ったような冬空の囁きに刺されてみたくて早起きした裸足の冷たさ残した縁側を往来したお彼岸もうすぐそこだからとおばあちゃんが無表情で手招きしているのだからわたしいくね。

デッサン

小さく切り抜いた
不明瞭な、私の影を
薄闇の霞んだ指先で辿っても
幼く、濁るばかり。
憧れた鮮明な線が
現実を掠めると
交点に集められた眼差しは
まるで、針山に触れるように。
確かに私の痛点に

蘇る、奥行きのある体温。
白板上に固執した
不自由な表象が
やがて、輪廻の果てに
焼き付いたら
曖昧な境界線は失われ
ようやく溶け込む
世界の、投影

あとがき

この詩集に寄せた詩は、20代前半から30代半ばの現在に至るまでに書いた詩です。詩を書き始めたのは学生の頃で、当時はただ、感情まかせに書いていました。社会人になると少し冷静さが加わり、結婚・出産を経験すると、詩型が大きく変わりました。言葉に対する態度が柔らかくなったように思います。それは、詩の表現にも現れました。

なぜ詩を書いているのですか？　と問われても、未だに明確な答えはみつかりません。やめようと思えば、いつでもやめられます。私が詩を書かなくても、困る人は誰もいないからです。それでも書くのは、やはり「業」だからでしょう。詩を書くことに高尚な動機が必要でしょうか。「書かずにはいられないから」書くのではないでしょうか。詩を書くときは、自分自身に嘘をつくことができません。だからきっと、私は私の為に、詩を書き続けると思います。

最後に、私を詩の世界に誘ってくださいました藤坂信子先生、いつも私を温かく迎えてくださる熊本県詩人会の皆様、詩と思想投稿欄で有難い評をくださいました先生方、身に余るほどの帯文を書いてくださいました平川綾真智様、素晴らしいカバーをデザインしてくださいました佐藤智恵様、萌花様、そして土曜美術社出版販売の高木様、この場を借りて、厚く御礼申し上げます。誠にありがとうございました。

深町秋乃

二〇二三年二月

著者略歴
深町秋乃（ふかまち・あきの）

1986年生まれ

所属　熊本県詩人会　「アンブロシア」「詩と眞實」「見者」

現住所　〒861-0920　熊本県熊本市東区月出1-3-23

詩集　柔《やわ》らかい水面《みなも》

発行　二〇二三年五月十日

著者　深町秋乃
装丁　佐藤智恵・萌花
AD　直井和夫
発行者　高木祐子
発行所　土曜美術社出版販売
〒162-0813　東京都新宿区東五軒町三―一〇
電話　〇三―五二二九―〇七三〇
FAX　〇三―五二二九―〇七三二
振替　〇〇一六〇―九―七五六九〇九
印刷・製本　モリモト印刷

ISBN978-4-8120-2756-1　C0092